Le Mariage de Figaro

FichesdeLecture.com

Le Mariage de Figaro (Fiche de lecture)

I. INTRODUCTION

La Folle Journée ou le Mariage de Figaro est une comédie en cinq actes écrite par Beaumarchais en 1778. La première représentation officielle du Mariage de Figaro eut lieu le 27 avril 1784 après plusieurs années de censure. La pièce est considérée, par sa dénonciation des privilèges archaïques de la noblesse, comme l'un des signes avant-coureurs de la Révolution française. À l'instar du Barbier de Séville, cette pièce reçoit un accueil chaleureux du public.

Beaumarchais y remet en scène les principaux personnages de sa pièce Le Barbier de Séville ou la Précaution inutile (1775) : le barbier Figaro, le comte Almaviva et Rosine, appelée maintenant la Comtesse. Bartholo, autre personnage essentiel du Barbier, joue un rôle beaucoup plus secondaire. Deux ans après sa première représentation, la pièce a été adaptée en opéra par Mozart et Lorenzo da Ponte sous le titre Le Nozze di Figaro. Le Mariage de Figaro est une comédie qui pousse les thèmes du Barbier de Séville jusqu'au ridicule. L'intrigue du mariage de Figaro se fonde sur une histoire d'amour contrariée autour de laquelle viennent se greffer plein d'autres intrigues.

II. RÉSUMÉ

Acte I

On s'apprête à fêter des noces au château d'Aguas Frescas du comte Almaviva, près de Séville. Figaro, futur époux, est devenu le concierge du château, il mesure la chambre nuptiale. Tandis que sa fiancée Suzanne, camériste de la Comtesse, lui apprend que le Comte, tout en ayant officiellement aboli le « droit du seigneur », veut faire d'elle sa maîtresse, et a chargé Bazile de la négociation. Resté seul, Figaro s'indigne et réfléchit : comment empocher l'argent du Comte sans lui rien céder en échange ? En outre, la vieille Marceline, aidée de Bartholo demande au Comte une promesse de mariage de Figaro. Elle se querelle avec Suzanne. Chérubin courtise Suzanne, tout en rêvant à la Comtesse sa marraine. Ils sont surpris par le Comte venu faire sa cour à la camériste : Chérubin se cache puis le Comte, entend entrer quelqu'un, il se cache à son tour. C'est Bazile qui joue les entremetteurs. Mais une allusion aux sentiments de Chérubin pour la Comtesse provoque la colère du Comte, qui sort de sa cachette. À ce moment une foule envahit la scène menée par la Comtesse et Figaro. Celui-ci demande au Comte d'abandonner le « droit du seigneur ». Le Comte embarrassé déclare que la cérémonie aura lieu plus tard. Chérubin, doit partir pour l'armée, à l'autre bout de l'Espagne. Mais Figaro, lui suggère un moyen de rester au château.

Acte II

Suzanne informe la comtesse des faits et gestes de Chérubin et du Comte. Figaro leur expose lors son plan : il a fait adresser au Comte un billet anonyme l'informant que la comtesse doit rencontrer un galant le soir même et Suzanne doit fixer un rendez-vous au Comte mais c'est Chérubin, déguisé, qui ira. Figaro va chercher Cherubin, le Comte frappe à la porte, Chérubin court se cacher, mais il fait tomber une chaise. La Comtesse prétend qu'il s'agit de Suzanne, et le mari jaloux l'appelle puis il sort avec la Comtesse pour chercher de quoi forcer la serrure, où Suzanne, a pu se cacher. Elle ouvre donc à Chérubin, qui saute par la fenêtre, et elle prend sa place. Au retour du Comte et de la Comtesse, cette dernière donne la clé au Comte, quand il découvre Suzanne, il implore le pardon de son épouse. Puis Marceline vient réclamer ses droits sur Figaro. La Comtesse et Suzanne décident que la Comtesse ira au rendez-vous avec le comte mais déguisée en Suzanne, elles n'en disent rien à Figaro.

Acte III

Le comte convoque Figaro pour tenter de savoir s'il est au courant de son intrigue avec Suzanne. Figaro se moque du Comte et Suzanne retourne la situation en promettant au Comte un rendez-vous en échange de quoi il déboutera Marceline. Mais le comte qui veut se venger condamne Figaro à payer Marceline ou à l'épouser. Coup de théâtre : ses « nobles parents » se révèlent être en réalité que Marceline et Bartholo.

Acte IV

La Comtesse relance le jeu en dictant à Suzanne, à l'insu de Figaro, un billet donnant rendez-vous au Comte. Les vues du Comte sur Fanchette sont révélées à tous. La cérémonie de noces se déroule enfin, mais Figaro aperçoit le Comte avec le billet entre les mains. Figaro, jaloux veut tout rompre, Marceline tente de l'apaiser.

Acte V

Dans la nuit, Figaro expose sa rancœur dans un long monologue, et dresse un bilan triste de sa vie. Caché, il voit arriver Suzanne et la Comtesse, qui ont échangé leurs vêtements et qu'il prend l'une pour l'autre, puis le comte s'imaginant qu'il fait la cour à Suzanne il l'a fait en réalité à sa femme. Figaro furieux trouble l'entretien le Comte se cache et la Comtesse se retire. Suzanne, sous son déguisement, décide de punir Figaro de ses soupçons. Mais il la reconnaît. Le Comte finit par comprendre et implore le pardon de son épouse, et « tout finit par des chansons ».

III. PERSONNAGES

Figaro apparaît dans plusieurs pièces de théâtre. Mais par rapport au rôle joyeux qu'il joue dans le Barbier de Séville il devient jaloux et inquiet ici. Sa vie a été jalonnée d'échecs, ce qui l'a transformé en personnage tragique et en héros déchiré. Ici il dépend totalement du compte en tant que valet. Sa relation avec le comte passe de la complicité à une certaine hostilité. C'est un Figaro moins enjoué et beaucoup plus amer que le spectateur retrouve.

L'un des moments clés de la pièce est le monologue de Figaro (acte V, scène 3), où il évoque le comte Almaviva et résume les griefs accumulés contre la noblesse quelques années avant la Révolution : « Parce que vous êtes un grand Seigneur, vous vous croyez un grand génie !... Noblesse, fortune, un rang, des places : tout cela rend si fier ! Qu'avez-vous fait pour tant de biens ! Vous vous êtes donné la peine de naître, et rien de plus... ». Son amour est tel que sa jalousie éclate lorsqu'il croit que Suzanne a donné rendez-vous au Comte, sa colère est sans limites (lui qui venait de confier à sa mère que la jalousie « n'est qu'un sot enfant de l'orgueil » et que « si Suzanne doit me tromper un jour, je le lui pardonne d'avance »). Figaro a donc cela de particulier qu'il n'est pas un personnage statique et a évolué au cours de l'œuvre théâtrale sous forme de trilogie de Beaumarchais.

Suzanne, selon Figaro, c'est « une charmante fille ! Toujours riante, verdissante, pleine de gaieté, d'esprit, d'amour et de délices ! Mais sage... »(I, 2). Suzanne est également attachée aux traditions morales, elle refuse de céder au Comte malgré la promesse d'une dot conséquente : Suzanne ne se vend pas. Elle entretient avec Marceline des relations conflictuelles. Au chantage du Comte elle répond par un autre chantage : « Point de mariage, point de droit du seigneur » (II, 9). Lorsque le Comte lui demande de ne rien dire de ses intentions à Figaro elle répond : « Je lui dis tout hors ce qu'il faut taire. »(III, 19.Enfin, servante dévouée au service de la Comtesse, elle est une complice attachante qui fera tout pour sauver l'amour de sa maîtresse pour son mari.

De rang noble, le **Comte Almaviva**, « grand corregidor » d'Andalousie. Il était profondément amoureux de Rosine, la comtesse dans le Barbier de Séville durant toute la pièce il a tenté de séduire celle-ci. Elle est maintenant sa femme mais il la délaisse car il recherche de nouvelles aventures galantes. Attiré par Suzanne, il envisage de restaurer le droit de cuissage du seigneur. Selon l'auteur, il est caractérisé par son rang social et par sa puissance :"Un grand seigneur espagnol... un maître absolu que son rang, sa fortune, sa prodigalité rendent tout-puissant... C'est un mari peu délicat.... assez galant,..., un peu libertin. »De plus, il doit être joué « très noblement avec grâce.... la corruption du cœur ne doit rien ôter au bon ton de ses manières. » Pour assouvir ses désirs, il abuse de son autorité et agit en maître absolu.

La comtesse est un personnage qui est à l'opposé à son mari. « Noble et belle mais imposante"(I,7) elle est consciente des défauts du Comte et en souffre. « Il ne m'aime plus » (II,1) confie-t-elle à Suzanne et la solitude lui pèse : « je ne suis plus la Rosine que vous avez tant poursuivie ! Je suis la pauvre comtesse Almaviva ; la triste femme délaissée, que vous n'aimez plus ». L'évolution de son personnage est la suivante : la jeune fille aimée et arrachée à un vieux tuteur jaloux (Bartholo) dans « le Barbier de Séville » n'est plus qu'un être social condamné à assurer un rôle : celui de la femme trompée. Cependant, elle reste fidèle à ce mari volage et va tout tenter pour reconquérir son mari et sauver l'honneur de celui-ci. À la fin elle aura la joie d'entendre son mari lui demander pardon (II,19; V,19).

Cherubin, l'auteur insiste sur la jeunesse du personnage et l'innocence de ses intentions. C'est un très jeune adolescent en pleine puberté, à la sensualité naissante ; lui-même le confie à Suzanne : « Je sens ma poitrine agitée ; mon cœur palpite au seul aspect d'une femme. Chérubin est celui qui permettra de montrer l'ampleur de la jalousie du Comte et de mettre tous les personnages contre l'autorité abusive du Comte. En effet, chacun s'applique à cacher et à protéger Chérubin.

IV. AXES D'ANALYSE

Les intrigues

Le choix du titre de la pièce nous indique directement l'intrigue de la comédie de Beaumarchais : le spectateur sait que le mariage annoncé, celui de Figaro, va être contrarié. La seule énigme réside dans les obstacles à ce mariage.

Première intrigue : l'obstacle au mariage de Figaro et de Suzanne : le comte veut faire de Suzanne sa maîtresse au nom du "droit du seigneur" qu'il avait pourtant aboli dans "Le Barbier de Séville" pour pouvoir épouser Rosine. Seconde intrigue : Marceline nous apprend, scène 4, que Bazile veut l'épouser : "Le pis... est cette ennuyeuse passion qu'il a pour moi depuis si longtemps." Troisième intrigue : Marceline demande à Bartholo, l'amant bafoué du "Barbier de Séville" de l'aider à » en épouser un autre.... le beau, le gai l'aimable Figaro. »

Les obstacles au mariage de Figaro et de Suzanne proviennent de l'abus de pouvoir du comte et du désir de Marceline. Ces différentes intrigues donnent lieu à plusieurs stratégies :

Figaro, prépare un plan contre le comte : d'abord, éveiller la jalousie du comte : « tempérons d'abord son ardeur de nos possessions en l'inquiétant sur les siennes. » Figaro fait parvenir au comte un billet lui annonçant que la comtesse a un rendez-vous avec un galant. Ensuite prendre le comte en flagrant délit de rendez-vous avec Suzanne : « tu feras dire à Monseigneur que tu te rendras sur la brune au jardin" mais en fait, c'est Chérubin, déguisé en Suzanne qui s'y rendra.

Tandis que Marceline pour contraindre Figaro de l'épouser : elle peut s'opposer au mariage de Figaro et de Suzanne parce qu'elle détient un engagement signé de Figaro :"Je soussigné reconnais avoir reçu de Damoiselle... Marceline....la somme de deux mille piastres ... ; laquelle somme je lui rendrai... et je l'épouserai par forme de reconnaissance.. Signé Figaro"

Enfin l'intrigue de La Comtesse et de Suzanne, à l'insu de Figaro contre le Comte, en faveur de la Comtesse : Suzanne fixera un rendez-vous au Comte mais c'est La Comtesse qui ira, déguisée en Suzanne.

Il faut attendre que Marceline, ayant reconnu en Figaro son fils change de camp et fasse tout pour que le mariage de Suzanne et de Figaro ait lieu. Ce coup de théâtre contrarie le comte.

Une comédie ambigüe

La pièce de Beaumarchais suit le schéma classique de la comédie : un mariage annoncé est contrarié et il passer plusieurs obstacles pour que le mariage ait finalement lieu. Néanmoins, il aurait fallu peu de choses pour que cette comédie ne tourne au drame. D'abord, l'obstacle majeur est une atteinte à la morale, à l'ordre social, à l'honneur et à la dignité. En outre, les péripéties qui contrarient les actions des personnages sont très dures, on a l'impression qu'il n'y aura pas de fin heureuse. Ainsi, la jalousie et la colère inattendues du Comte provoque une inquiétude, une angoisse telle que la comtesse est contrainte d'avouer que Chérubin est caché dans son cabinet.

Enfin, si la comédie, par tradition se concentre sur les caractères des personnages, la comédie de Beaumarchais étudie les conditions sociales ce qui nous rappelle le "genre dramatique sérieux ». Cette comédie peut être considérée comme satirique puisque la justice est ridiculisée. La condition des femmes est évoquée : « traitées en mineures pour nos biens, punies en majeures pour nos fautes ». Elle dénonce les abus de l'époque, les privilèges et l'ancien régime. Sa critique exposée de manière théâtrale est osée puisqu'elle est présentée directement à un public dont la réaction est immédiate.

Une critique de la société

Beaumarchais met en scène l'inégalité de la société, celle-ci se manifeste déjà dans la naissance à l'instar des différences de destin entre Figaro et le comte, la hiérarchie est préétablie : « vous qui vous êtes donnés la peine de naître. Le Comte est qualifié d'homme « assez ordinaire » alors qu'en général il est hautement considéré : « parce que vous êtes un grand seigneur, vous vous croyez un gd génie ». Naître est la tâche du comte, exécuter celle de Figaro. Finalement "Le Mariage de Figaro", c'est le triomphe des humbles sur les puissants, c'est la perte de la suprématie du pouvoir de l'argent, de la noblesse. La défaite du Comte Almaviva consacre la supériorité du héros. Le Mariage de Figaro n'est certes pas une pièce révolutionnaire, (il s'en défend d'ailleurs dans sa préface, même si cela semble aussi une manière de se protéger des censeurs) mais il justifie sans doute le mot de Beaumarchais : « qui dit auteur dit oseur ».

Dans la même collection en numérique

Les Misérables
Le messager d'Athènes
Candide
L'Etranger
Rhinocéros
Antigone
Le père Goriot
La Peste
Balzac et la petite tailleuse chinoise
Le Roi Arthur
L'Avare
Pierre et Jean
L'Homme qui a séduit le soleil
Alcools
L'Affaire Caïus
La gloire de mon père
L'Ordinatueur
Le médecin malgré lui
La rivière à l'envers - Tomek
Le Journal d'Anne Frank
Le monde perdu
Le royaume de Kensuké
Un Sac De Billes
Baby-sitter blues
Le fantôme de maître Guillemin
Trois contes
Kamo, l'agence Babel
Le Garçon en pyjama rayé
Les Contemplations

Escadrille 80
Inconnu à cette adresse
La controverse de Valladolid
Les Vilains petits canards
Une partie de campagne
Cahier d'un retour au pays natal
Dora Bruder
L'Enfant et la rivière
Moderato Cantabile
Alice au pays des merveilles
Le faucon déniché
Une vie
Chronique des Indiens Guayaki
Je voudrais que quelqu'un m'attende quelque part
La nuit de Valognes
Œdipe
Disparition Programmée
Education européenne
L'auberge rouge
L'Illiade
Le voyage de Monsieur Perrichon
Lucrèce Borgia
Paul et Virginie
Ursule Mirouët
Discours sur les fondements de l'inégalité
L'adversaire
La petite Fadette
La prochaine fois
Le blé en herbe
Le Mystère de la Chambre Jaune
Les Hauts des Hurlevent
Les perses
Mondo et autres histoires
Vingt mille lieues sous les mers
99 francs
Arria Marcella
Chante Luna

Emile, ou de l'éducation
Histoires extraordinaires
L'homme invisible
La bibliothécaire
La cicatrice
La croix des pauvres
La fille du capitaine
Le Crime de l'Orient-Express
Le Faucon malté
Le hussard sur le toit
Le Livre dont vous êtes la victime
Les cinq écus de Bretagne
No pasarán, le jeu
Quand j'avais cinq ans je m'ai tué
Si tu veux être mon amie
Tristan et Iseult
Une bouteille dans la mer de Gaza
Cent ans de solitude
Contes à l'envers
Contes et nouvelles en vers
Dalva
Jean de Florette
L'homme qui voulait être heureux
L'île mystérieuse
La Dame aux camélias
La petite sirène
La planète des singes
La Religieuse
1984 A l'Ouest rien de nouveau
Aliocha
Andromaque
Au bonheur des dames
Bel ami
Bérénice
Caligula
Cannibale
Carmen

Chronique d'une mort annoncée
Contes des frères Grimm
Cyrano de Bergerac
Des souris et des hommes
Deux ans de vacances
Dom Juan
Electre
En attendant Godot
Enfance
Eugénie Grandet
Fahrenheit 451
Fin de partie
Frankenstein
Gargantua
Germinal
Hamlet
Horace
Huis Clos
Jacques le fataliste
Jane Eyre
Knock
L'homme qui rit
La Bête humaine
La Cantatrice Chauve
La chartreuse de Parme
La cousine Bette
La Curée
La Farce de Maitre Pathelin
La ferme des animaux
La guerre de Troie n'aura pas lieu
La leçon
La Machine Infernale
La métamorphose
La mort du roi Tsongor
La nuit des temps
La nuit du renard
La Parure

La peau de chagrin
La Petite Fille de Monsieur Linh
La Photo qui tue
La Plage d'Ostende
La princesse de Clèves
La promesse de l'aube
La Vénus d'Ille
La vie devant soi
L'alchimiste
L'Amant
L'Ami retrouvé
L'appel de la forêt
L'assassin habite au 21
L'assommoir
L'attentat
L'attrape-coeurs
Le Bal
Le Barbier de Séville
Le Bourgeois Gentilhomme
Le Capitaine Fracasse
Le chat noir
Le chien des Baskerville
Le Cid
Le Colonel Chabert
Le Comte de Monte-Cristo
Le dernier jour d'un condamné
Le diable au corps
Le Grand Meaulnes
Le Grand Troupeau
Le Horla
Le jeu de l'amour et du hasard
Le Joueur d'échecs
Le Lion
Le liseur
Le malade imaginaire
Le Mariage de Figaro
Le meilleur des mondes

Le Monde comme il va
Le Parfum
Le Passeur
Le Petit Prince
Le pianiste
Le Prince
Le Roman de la momie
Le Roman de Renart
Le Rouge et le Noir
Le Soleil des Scortas
Le Tartuffe
Le vieux qui lisait des romans d'amour
L'Ecole des Femmes
L'Ecume Des Jours
Les Bonnes
Les Caprices de Marianne
Les cerfs-volants de Kaboul
Les contes de la Bécasse
Les dix petits nègres
Les femmes savantes
Les fourberies de Scapin
Les Justes
Les Lettres Persanes
Les liaisons dangereuses
Les Métamorphoses
Les Mouches
Les Trois mousquetaires
L'étrange cas du Dr Jekyll et de Mr Hyde
L'Ile Au Trésor
L'île des esclaves
L'illusion comique
L'Ingénu
L'Odyssée
L'Ombre du vent
Lorenzaccio
Madame Bovary
Manon Lescaut

Micromégas
Mon ami Frédéric
Mon bel oranger
Nana
Ne tirez pas sur l'oiseau moqueur
Notre-Dame de Paris
Oliver twist
On ne badine pas avec l'amour
Oscar et la dame rose
Pantagruel
Le Misanthrope
Perceval ou le conte du Graal
Phèdre
Ravage
Roméo et Juliette
Ruy Blas
Sa Majesté des Mouches
Si c'est un homme
Stupeur et tremblements
Supplément au voyage de Bougainville
Tanguy
Thérèse Desqueyroux
Thérèse Raquin
Ubu Roi
Un Barrage contre le Pacifique
Un long dimanche de fiançailles
Un secret
Vendredi ou la vie sauvage
Vipère au poing
Voyage au bout de la nuit
Voyage au centre de la terre
Yvain ou le Chevalier au lion
Zadig

À propos de la collection

La série FichesdeLecture.com offre des contenus éducatifs aux étudiants et aux professeurs tels que : des résumés, des analyses littéraires, des questionnaires et des commentaires sur la littérature moderne et classique. Nos documents sont prévus comme des compléments à la lecture des oeuvres originales et aide les étudiants à comprendre la littérature.

Fondé en 2001, notre site FichesdeLectures.com s'est développé très rapidement et propose désormais plus de 2500 documents directement téléchargeables en ligne, devenant ainsi le premier site d'analyses littéraires en ligne de langue française.

FichesdeLecture est partenaire du Ministère de l'Education du Luxembourg depuis 2009.

Plus d'informations sur www.fichesdelecture.com

www.fichesdelecture.com

ISBN: 978-2-511-02794-3

Notes :

www.ingramcontent.com/pod-product-compliance
Lightning Source LLC
La Vergne TN
LVHW052043160826
845678LV00016B/3604

9782511027943